나이테

김수경金守經 시집

민음사

나이테

민음사

시인의 말

삶이란 무엇일까
꿈이란, 희망이란 무엇일까
죽음은 우리에게 무엇을 말하는 것일까
예술과 문학은 우리에게 어째서 필요할까

삶의 언덕을 거닐다
사색의 길을 내려다본다

삶을 살아가는 동안 고독하고 고뇌할지라도
우리에게는 희망이 있어 나아갈 수 있다

사랑, 그리고 희망
우리 삶의 영원한 빛

2010년 6월

김수경

2 가로수

5 들국화

1 산책로

서시(序詩)

봄에는 가진 것 없이
환한 천지

세상의 웃음 다 가져 본 듯
보라 보라 꽃들이
보란 듯 피네

이것이다!
속수하고 무책한
내 시의 개화

석류

나에게 남은 시퍼런 진실은
새빨간 거짓말 때문에
내가 가끔 붉어진다는 것이다

입속의 혀를 깨무는
허연 이가 있다는 것이다

어제는 다른 것도 아닌 입 때문에
틀린 말을 하고
오늘은 다른 것도 아닌 이 때문에
혀를 깨물었다

나는 가끔
혀를 깨물어
피를 흘리는 것이다

허연 이로
무엇이든 잘근잘근 씹는 것이다

할미꽃 생각

꽃 중에 고개 숙인 것
저것 말고 또 있을까

꽃 중에 할미라는 이름
저것 말고 또 있을까

눈 뜨고 입 다물고 귀 닫고 살아
등마저 굽었나

한 꽃숨 보며
할머니 떠올리다 깨달았다

늙음도 하나의 결실이라는 것
헌신도 하나의 가치라는 것

억새

억새가 풀이라고 깨닫기 전
나는 그것이 새인 줄만 알았다

바람이 잠깐
억새를 흔들었을 뿐인데
나의 짧은 착각

새가 아닌 것은
새가 아닐 수밖에 없다

억새는 억억 우는 새가 아니다
억센 풀이란 걸 알고 난 뒤

바람이 불면
나는 억새처럼 억세게 살아가는
사람들을 생각하는 것이었다

코스모스

길 위에 있는 꽃은
빗속에 선 여인

고독은 언제나 자기운동
꽃은 그 안에 홀로 서서
비로소 꽃다워지는 것

숨어서 꽃잎 펼치는 순간
그것이 꽃의 비밀

신이 우리에게
처음 준 꽃

버선 꽃

세상에 태어난
모든 풀꽃은
풀과 꽃,
풀의 꽃이라고 나는 말하네

풀이라고 이름이 없겠나
꽃이라고 주소가 없겠나

땅이 사랑해서
피어난 모든 풀꽃들
이름을 받으라

내 너의 이름을 부르리
불꽃같은 이름 아닐지라도

언 발 다 덮어 주는
버선 꽃이라고

꽃과 아이

아이가 꽃밭에서 웃고 있네
나비도 덩달아 놀고 있네

저 절정!

어떤 환멸이
깨뜨릴 수 있으리

나는 그만 환상을 접네

가망 없는 일

매서운 추위 속
꽃 틔우는 매화

어느 새가
감히 그 위에 앉을 수 있을까

어느 바람이
감히 가지를 흔들 수 있을까

눈 맞고 피어나도
눈보다 더 환한 빛

어디서
그 빛 빌려 올 수 있을까

어디서
그 무늬 새겨 올 수 있을까

가망 없는 일

꽃샘바람

봄을 시샘하며
꽃을 시샘하며
바람이 분다

시새울수록 바람은 세고

바람은 강하나
언제나
꽃을 시샘하니

강한 바람은
여린 꽃을 꺾지 못한다

꽃보다 더 눈부신 것은 없다

엉겅퀴

그늘 머금은 듯 성근 꽃
엉성한 갈퀴같이
듬성한 가시같이

어떤 꽃에도
추한 꽃말은 없다

꽃에는 꽃에게로 가는 아름다움이 있는 법
지는 꽃은 꽃이 지는 곳으로 가는 그늘이 있다

나비야
꽃길에 서거든
한 백년 돌아오지 마라

그 여자
한 번도 꽃처럼 핀 적 없으니

배꽃 달빛

배꽃을 보면
달밤에 배 한 척 밀고 싶다

배를 미는 일은
배꽃 같은 너를
달빛에 비추는 일이다

배꽃을 보면
달빛 속에 배 한 척 밀고 싶다

배를 미는 일은
배꽃 같은 너를
달까지 미는 일

산수유 연인

참으로 노란 것이
노란 손수건처럼 매달려 있다

질투처럼 노랗게
환멸처럼 노랗게

두 사람은 싸웠고
용서는 참으로 어려웠다

서로의 눈을 찔러
눈 깜짝할 사이

세상은 노랗게 변하고
어지러워졌나!

푸르른 숲 함박꽃나무 숲

적송처럼 활기차게 차오를
내 책상 위의 함박꽃나무 숲

아침 녘 물 몇 숟가락에
온종일 유리창 속 햇빛에서
미소 짓네

백년 묵은 적송처럼
의연하고 편안한 숲
팽팽한 잎들을 돋세운 너

취묵장락(醉墨長樂) 분청 속 네 모습은
내 마음속에서 청청(靑靑)하리니

봄을 갈다

농부가 쟁기질하고 있다
봄을 갈아엎고 있다

땅을 갈아엎고 있다
안과 밖이 바뀌고 있다

사람도 때로
자기를 갈아엎을 때가 있다

안이 바깥을
바깥이 안을
뒤엎을 때가 있다

유능제강(柔能制強)

아무리 매서운 겨울이라도 봄은 온다
정신은 육체를 이긴다
결국 칼은 펜을 이기지 못한다

진리는 평범하고 상식적이다

해는 뜨고 달은 진다
낮에 별이 뜰 수 없고
밤에는 해를 찾을 수 없다

인간은 기다리면서 사색하고
천천히 주어진 땅을 걸어가면 되는 것
찬연한 햇살이 다가올 때까지

역사는 되풀이되고
삶은 영원하다

산책로

어디를 가도 소나무가 헌출하고
언덕에 진달래 피고
들에는 해바라기 물결친다

흑룡강, 압록강, 두만강
낙동강, 한강, 금강, 영산강
섬진강 줄기따라 언덕따라
정다운 거리

백두산, 묘향산, 금강산
오대산, 설악산, 삼각산, 지리산, 한라산
어디를 가도 소나무, 진달래, 민들레
피어나는 내 고향

우리는 서로 하나되어
손에 손을 잡고
이 길을 걸어야 한다

더 늦어지기 전에

2 가로수

만년필로 쓰다

희망 없는 반복은
여자의 일이라고 쓴다

여자가 남자보다
아홉 배나 더 사랑하고
다섯 배나 더 운다고 쓴다

사랑은 하나의
완전한 고통이라 쓴다

고통과 희망은
한 몸이라 쓴다

만년필로 쓴다
반복해서 쓴다

물가에서

물가에 앉아
물길을 보네

저 물 길어
차를 끓이면

물이 차의 몸*이란 말의 의미
알 수 있으려나

숱한 물 마셨으면
물도 내 몸 되었을 텐데
물같이 살지 못한 나,
물길만 보네

* 초의 선사의 말.

겨울밤의 향수

분청사기 막걸리 잔
무 넣은 낙지 국물 한 숟가락에
막걸리를 마신다

파래 김에 밥 한 숟가락 담고
간장을 찍어 입에 넣는다

다시 보라색 무 낙지 국물
한 숟가락을 입에 넣어 물어 본다

30년 전의 가을도
40년 전의 봄빛도
이 겨울밤의 향수에 녹아내린다.

막걸리 풋풋한 향기는
겨울밤의 향수와
창가의 봄눈에 어우러져 흐느낀다

광나루에서

빗줄기 하나 머물다가 날아갔다
빗방울의 마른 흔적
그게 그대의 자국이란 걸
광나루에서 알았다
비를 맞으며 알았다

두 몸이 나란히 앉아
비에 젖은 강을 바라보았다

비를 받으려고
강은 또 얼마나
수심이 깊었을까

나루는 그것도 모른 채
그곳에 남아
그곳에 남아

실치 지리

실치 지리 파란 시금치가
향기를 풍긴다

삼길포(三吉浦)의 봄은 실치 배로
시작된다.

반질반질 백설 같은 실치
그 은은한 향기
넉넉하고 편안한 맛

누구의 향수인가
누구의 그리움인가

봄이 왔다
삼길포 바다에 시원한
바람이 분다

님 없는 바다는 오늘도 푸르다

두 길

너의 길
나의 길이
우리의 길이라고
네가 말했을 때

끝없는 길이
우리의 길이라고
내가 말했을 때

길은 두 갈래
평행선이라고
기차가 소리치며
지나가네

죽순

대나무 순이 불쑥 솟아났다
저도 바깥이 궁금한 것이다
속은 텅텅 빈 것이
몸은 마디마디

속을 비우고도
마디를 가지고도
꺾이지 않으니
옛 선비들 그러했으리

대나무 순이 훌쩍, 자랐다
저도 하늘이 높은 줄 아는 것이다

소쩍새

뒷산에서 소쩍새가 울었다

어제는
공원 숲에서 그가 울었다

벤치에 앉아 울었다
의미 없이 보낸 하루가 울었다
그렇게 보고 싶던 내일이 울었다

철새는 날아가고

철조망 위로 철새가 날아간다
철따라 날아가는 철새들

아버지가 부러워한 건 철새들이었다
날개 가진 것들을 부러워한 지도
50년이 되었다
그대로 아버지는
날 수가 없다

아들아, 이 땅에는
날 수 없는 것들이 너무 많구나
사람들이 너무 많아
하늘을 잊었구나

포도에 대한 생각

포도밭에 누워
포도에 대해 생각한다

포도 알이 어머니 젖꼭지 같다는 생각

포도송이에 입을 대 본다

입가의 포도송이
가슴에 사무친다는 생각

포도 씨를 뱉다 또 생각한다

뱉을 것은 씨가 아니라
껍질이란 생각

포도주를 마시다 다시 생각한다

향기로운 것은 술이 아니라
푹 익은 사람이란 생각

홍여새

홍여새가 붉게 운다
울다가 노래한다
봄이 올 것을 노래하고
봄이 갈 것을 운다

오고 가는 것이 계절뿐일까
구름도,
사랑도 오고 가는 것을

홍여새 깃털이 떨어져 있다

얼마 만인가
떨어진 것을 품어 본 것이

얼마 만인가
울음소리 노래로 바꿔 본 것이

가로수

충주에
사과나무 가로수를 보러 갔다
눈이 휘둥그레졌다

나는 갑자기
누구에겐가 미안한 듯
사과를 하고 싶었다

나는 잘못도 없으면서
잘못한 사과처럼
사과 사과 사과 중얼거리다

그날은 사과나무
가로수가 높아 보였다

낙엽처럼

밟으면 소리 나는 것들은
떨어진 것이다

떨어진 것들이 내는 소리는
소리 없는 비명이다

며칠 전
한 여자가 15층에서 떨어졌다

얼마나 밟혔으면
낙엽처럼 떨어졌을까

동백 사랑

붉게 붉게 피다
떨어질 때
모가지째 툭, 떨어진다

뜨겁게 뜨겁게 사랑하다
떨어질 때
붉은 피 왈칵,
쏟고 떨어진다

그것

밤이 깊어지면
밤도 익어 가겠지

밤이 익어 가면
가을도 깊어지겠지

가을 깊어지면
수심도 깊어지겠지

수심 깊어지면
삶도 깊어지겠지

그것이 인생
지도에도 없는

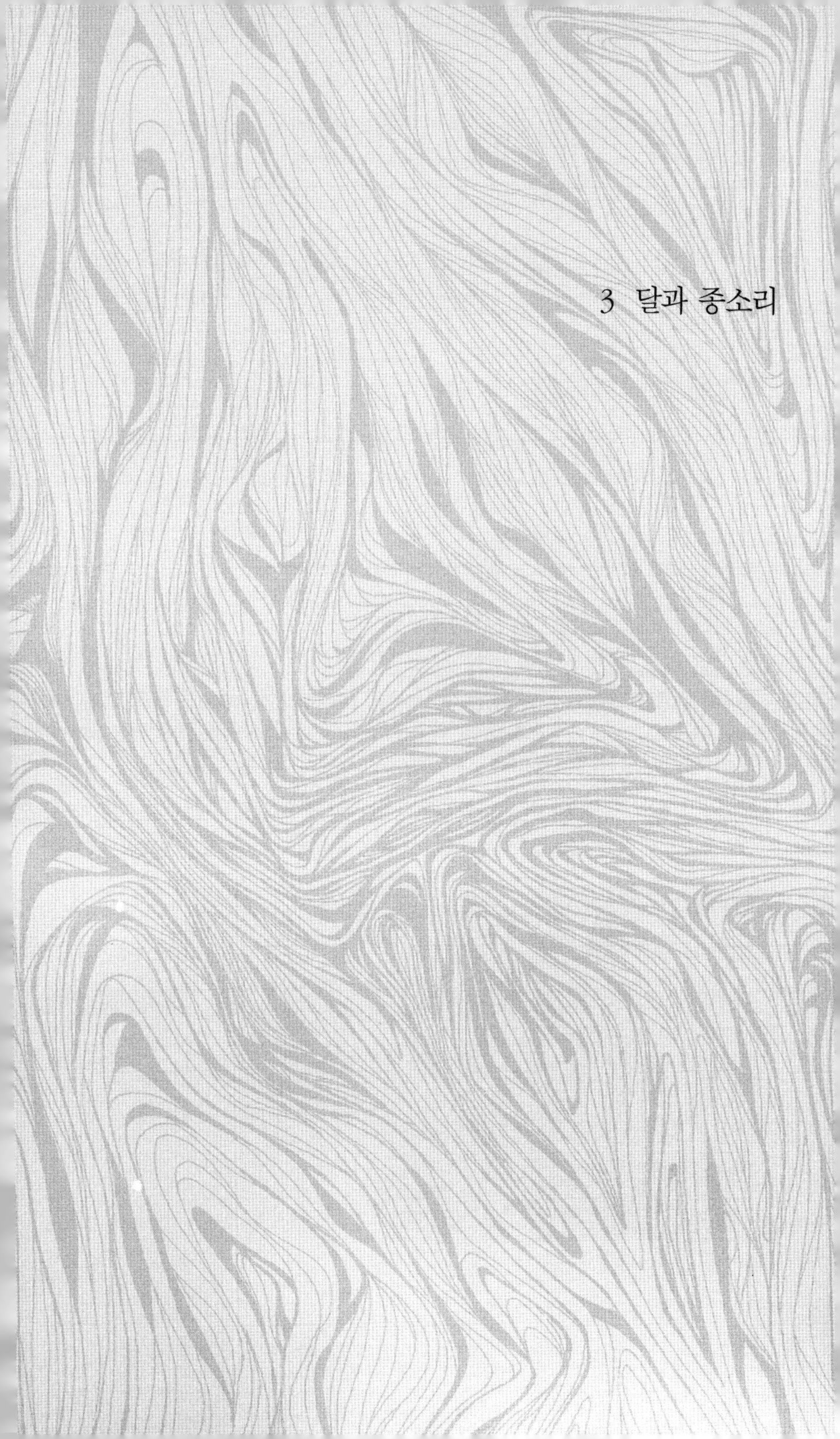

3 달과 종소리

전혜린

그녀는 백리포 같고
그녀는 천리포 같고
그녀는 만리포 같다

그녀는 물결무늬 자국으로 남았다
그녀는 파도의 포말처럼 남았다
그녀는 끼룩끼룩 남았다

그리고 그녀는
아무 말도 하지 않았다

바다

파도가 높았다 낮았다 하는 것은
수평선이 멀리 있기 때문이다

파도가 밀려갔다 밀려오는 것은
해변이 가까이 있기 때문이다

바다가 넘치지 않는 것은
파도가 물결을 다독이기 때문이다

고래

숯구치면서 나아간다
물을 밀면서 나아간다
고래는 물에선 물러서지 않는다

앞으로 앞으로 나아가는 고래들
나는 한때
높이 오는 파도 같은 고래를 찾겠다고
파도를 잡겠다고
바다를 찾은 적 있다

바다가 넓어서 파도가 높듯이
고래가 있어서
바다가 넓어지는 것이다

소래에서

소래, 하고 부르면
작은 사람 하나
나에게로 오는 것 같아

이 생각 저 생각
감당 못 하겠네

소라는 고동의 이름이고
소래는 포구의 이름인데

내게는 둘 다
그 사람의 이름 같다

쓴 소주 한잔
가슴에 확, 붓고 말았네

생각

절경 앞에
절창을 생각하고

절망할 때
절대를 생각하고

절실할 때
절단을 생각하라

생각에는
절명 같은 건 없다

바다 영상

파도가 칠 때에도
갈매기가 날 때에도
바다는 무덤덤

수평선이 보일 때도
등대가 비칠 때도
바다는 무덤덤

그래서
바다는 넘치지 않나?

물레

할머니는
등잔불 옆에서
물레질을 하셨다

물레를 돌리며
세월을 돌리셨다

돌려도 돌려도
새 세상은
오지 않았다

꺼질 듯 말 듯
등잔의 불만
타올랐다

갯벌 노인

그가
갯벌에서
조개를 캐고 있다
평생을 캐고 있다

캐 보아야 나오는 건 조개뿐인데
진주라도 캐듯
허리를 굽히고 있다

허리를 굽혀야 살 수 있는
갯벌에서
조개를 캐고 있다
일생을 캐고 있다

조개를 캐는 동안
그는 벌써
노인이 다 되었다

달과 종소리

종소리는 온 세상을 울리고
달은 자꾸 나를 따라온다
어쩌면 내가 달을 따라간다

종소리 은은해
달빛 은은해

종소리 고개 넘어가고
달도 따라 고개 넘어가네

넘어가선
영영 돌아오지 않네

할머니와 소년

내가 소년이었을 때
할머니는
나의 고향이었다

언제
돌아가도 받아 주는
고향 같은 할머니

내가 청년이었을 때
할머니는
나의 구원이었다

어떤
잘못도 용서하는
구원 같은 할머니

내가 어른이었을 때
할머니는

나의 집이었다

헤매다
돌아가도 맞아 주는
집 같은 할머니

노인

노인이 풀을 베고 있다
세월을 베고 있다

그에게도
베인 날들이 있을 것이다

노인이 풀을 묶고 있다
세월을 묶고 있다

그에게도 묶인 날들이 있을 것이다

베인 날들은
또 얼마나 기진하고 맥진한가

호미

호미로 무얼 할까
잡초를 팔까
흙을 팔까
세월을 팔까

파는 것이 일인 호미여
닳고 닳은 호미여

호미로 무얼 할까
너에게 묻지 않겠다

세상을 파는 건
호미가 아니라 사람이니까

백양사 가는 길

물속이 거울 같아
오래 들여다보다

새소리 음악 같아
오래 귀 기울이다

숲 속이 시구 같아
오래 읽어 내리다

바람 소리 노래 같아
오래 발길 머물다

대장간을 나오며

젊은 남자가
풀무질을 하고 있다

달군 쇠를 두들기고 있다
세상 때리듯 두들기고 있다

저 손은
연장 중의 연장

저 손으로
세상을 다시 만들 수 없을까, 생각한다

대장간을 나왔다
낫 같은 달이 떴다

어머니의 다듬질

어머니가
방망이로 다듬질하고 있다

다듬어야 할 일이 있는 듯
방망이질하고 있다

방망이 소리
어머니 마음까지 다듬어

살아온 길
조용히 다듬고 있다

4 나이테

소금 노래

소금이 짜다 한들
가난보다 짤까

땀이 짜다 한들
소금보다 짤까

소금처럼 살아온
염전 사람들

날마다 땀 흘리며
소금 노래 부르네

소금이 짜다 한들
가난보다 짤까

땀이 짜다 한들
눈물보다 짤까

자연

몸만 자라고
마음이 자라지 않는다면

자연은
입을 다물 것이다

자연에 비길 만한
그림은 없을 테니까

희망

쌓인 눈 아래
이미
봄이 와 있다

고통 속에도
이미
기쁨이 와 있듯이

노인의 꿈

굴 따는 일이
금 따는 일이라고

금 따는 일이
꿈 따는 일이라고

젊은 아낙이 말했을 때

노을처럼 붉게 지는 것이
자기의 꿈이라고
노인은 말하네

낙타

눈이 늘 젖어 있어
따로 울지 않는다는데

등이 늘 무거워서
따로 뛰지 않는다는데

그래서
터벅터벅 걸어간다는데

저기 먼 곳
사막이 있다는데

소싸움

한민족 소싸움 대축제에
소 두 마리가 으르렁대고 있다
들이받고 있다

싸움이 대축제라니
한민족 싸움이라니

소들의 싸움이지만
왠지
목덜미가 서늘해

소처럼 눈 부릅뜨고
괜히
씩씩거린다

노부부

언제부터
우리
여기까지 왔나
부(夫)와 부(婦)처럼
한 점이 되어

어데서부터
우리
함께 걸어왔나
신과 발처럼
한 팀이 되어

어데서부터
우리
종점까지 왔나
속과 겉처럼
내외(內外)가 되어

그리움

엄마는 일터로 나가고
여섯 살 난 성원이는 혼자 밥 먹고
혼자서 논다

서울 신림 10동 밤골
무허가 주택
친구들은 다 학원에 가고
성원이는 혼자서 할 일이 없다

성원의 외로움은
설날에도 이어진다

성원이는 학원에 가고 싶다
태권도도 배우고 싶다.

한 사람

사람이 많아지면
하늘을 잊는다는데
웬 사람이 저렇게 많은가

무슨 혁명이라도
일어난 것만 같아
하늘 한번 올려다본다

구름 한 점 없이
텅 비었다

땅에는 풀 한 포기까지
다 들어찼구나
꽃 같은 한 사람 찾았으나
차마
땅에 내려놓지 못하겠구나
사람 많아지면
하늘 잊을까 두려워서

푸른 울타리

서울 신림동 공부방 내년 등록금 마련 위해 햄버거 집
아르바이트, 시간당 3,500원

"못 배운 아이들의 한 손주까지 이어질까" 할머니는 눈
시울을 적신다

그래도 그 손주는 "가난한 사람들을 무료로 치료해 주
는 의사가 되고 싶어요" 한다

물질적으로 부족한 환경이지만 '푸른 울타리' 아이들은
밝게 자란다

"공부방에는 읽을 책이 없어요 책이 좀 더 많았으면 좋겠
어요" 할머니 손주는 '푸른 울타리' 밝게 자란다

비상

하늘이 있어서
새는 비상한다

비상하기 위해
새는 칼깃을 세우고
바닥을 차고 오른다

높이 오르는 새는
하늘을 안다

하늘을 아는 새는
멀리 날아간다

새는 하늘의 나그네
나그네는 하늘에서도 쉬지 않는다

흐느낌

너희들은 무엇을 하고 있느냐
너희들은 왜 그렇게 울부짖느냐

세상은 재물도, 권력도, 위신도
품위도 다 아무것도 아닌 것을
백 년 이백 년이면 끝날 일을 가지고
그 분쟁 고생들을 하느냐

아, 인간은 슬프고 쓸쓸한 것
그래도 동천(冬天)에 봄빛은
만 년 천만 년 흘러내릴 것을
삶은 영원하고 진리는 불멸인 것을

나이테

서리 빨리 내리면
겨울이 춥고
추위를 견딘 나무에
나이테가 생긴다

오래된 나무일수록
나이테가 많아진다

나이테가 많은 나무는
더 튼튼하고 뿌리가 깊어진다

그런데 왜
사람들은 나이가 들수록
작아지는가

삶이란 살아갈수록
왜 하나씩 버려야 하는가

5 들국화

차례 상

추석이다 서울 노원 마을 마지막 추석 맞이
독거노인, 병든 사람, 어려운 사람 천여 가구가 모여 산다
마을은 공동 임대 택지로 확정되어 올해 말까지 철거된다
주민들 여기서 쫓겨나면 어디로 가나
차례 상에는 벽 앞에 돗자리 하나와 비를 막아 줄 천막
이 전부다
독거노인 쉼터에 두 노인이 들어선다
한숨만 가득할 뿐 아무 말도 없다

삶은 홀로 또 고독하게 살 수밖에 없는 것 아닌가

쪽방

쪽방은 약 1평 정도 되는 방 화장실이나 세수할 곳도 없
어서 50미터 정도 떨어진 공동변소를 사용해야 한다 방음
은 거의 안 되어 옆방의 기침 소리까지 들려온다

대개 연탄을 사용하고 환경이 열악하여 술에 찌든 생활
로 말다툼을 하기 일쑤이다

권 씨가 정 씨를 과도로 마구 찔러 숨지게 하였다 정씨
가 매일 술을 마시고 주정을 하여 시끄러웠다는 것 2003년
4월말 현재 쪽방 수는 종로구 돈의동 등 8개 지역에 4,260
실, 영등포 역 주변에 758실, 방값은 하루에 5,000~7,000원
이다 공사 잡부로 일하는 사람이 많고 노인과 소년, 소녀들
이 함께 사는 경우도 있다

저소득으로 최소한의 생계가 안 되는 곳
무허가 주택에서 머리를 잘 들 수 없는 곳
최근에는 30대 노숙자들도 꾸준히 찾아들고 있다
늘어나는 쪽방
우리는 모두 천사를 닮아 간다

애환의 길

1905년 을사조약
1945년 조국광복
오늘 날짜를 헤아려 본다

참으로 세월은 빠르기도 하지

어제를 그렇게 뒤로 한 채
우리는 다시 내일을 본다

제아무리 오늘 풍요롭다 해도
마음이 황폐하면 쓸모없는 일

내일을 위해
내일의 삶을 위해

이제 다시 한 번
자리에서 일어나

함께 나아가는 그 길을 향해

까까머리 아이들

솔 나뭇가지, 잡풀 땔감 쌓인 사이
맨발에 걸린 고무신
움츠린 어깨에 환한 웃음

아무것도 없었던 그때

너는 반바지에 낡은 조끼를 걸치고
나는 저고리에 낡은 바지를 입었다

우리는 한겨울
가난한 꼬마였다

배고픈 눈동자를 한,
그러나 선량한 눈웃음을 짓던

무엇인가 갖게 된 오늘

너는 어떤 생각을 하고 있는가

나는 어떤 마음을 품고 있는가

오늘 우리는
다만 풍요롭건만

우리의 눈동자는
왜 아직도 배가 고픈가

저 아이는 무엇을 생각할까

어느 봄날
아직도 싸늘한 3월 초순

아이는
벽이 갈라진 금을 보면서
생각에 잠겨 있다

다들 쪼그리고 벽에 기대 앉아
점퍼에 손을 넣고 있다

다른 아이들이 어린이집이나 유치원에
가 있는 평일 낮 시간에 혼자 앉아 있다

지붕에는 갈라진 오래된 시멘트 기와가
떨어질 것만 같다

서울 성북구 하월곡동
골목길이다

저 아이는 무엇을 생각할까
춥고 배고프고, 친구가 그리울까
어머니, 누나를 찾고 있을까

두 노인

흰 고무신 신고
호미를 든 노인
밭고랑을 메고 있다

검정 구두를 신고
지팡이를 든 노인
공원을 산책하고 있다

흰빛은 왜 눈부시게 빛나는지
검은빛은 왜 검으면서 빛나는지
두 노인은 생각이나 할까

늙은 느티나무
석양빛을 받고 있다

싸늘한 3월

봄은 왔는데
아이들 마음은
금 간 벽처럼 갈라져 있다
싸늘한 3월

봄은 왔는데
쪼그리고 앉은 아이들
일어설 줄 모른다
싸늘한 3월

가을 남이섬

노란 은행잎이 떨어지고
안개가 아련하게 퍼지고 있다

가을엔
먼 곳도 한 마을 같아
이 섬에
오래 머물 수 있을 것만 같아

나무에도
바람에도
물에도 결이 있는
가을 남이섬

나는 보았네
섬이 어떻게 홀로 빛나는지

배고픈 아이들

밥을 먹어도 배고픈 아이들
먹어도 먹어도 배고픈 아이들
부모가 없어
더욱 배고픈 아이들

밥이 모자라 배고픈 아이들
먹어도 먹어도 배고픈 아이들
배운 것 없어
더욱 배고픈 아이들

밥 먹고도 돌아서면 허기지는 아이들
먹어도 먹어도 허기진 아이들
사랑에 굶주려
더욱 배고픈 아이들

연어

바다에서 남대천까지
죽을 듯이 왔다

꽃불인들 이렇게 뜨거울까
온몸이 붉다

만 리나 먼 길 위에 제 몸 올려놓고
거슬러 왔다

불꽃인들 이렇게 뜨거울까
온몸이 붉다

붉은 몸이
마침내 잠들다

불광역

떠나는 기차처럼
너는 떠났네
불광역은 아직도 불광(佛光)인데
떠나는 기차처럼
너는 떠났네
불광역 기찻길
아직도 두 길인데

영산포 봄날

유채 꽃이 노랗게 필 무렵
영산포에 봄이 왔다

어지럽게
어지럽게 왔다

유채 꽃처럼
만발하고 만개하던 영산포

유난히
환한 날이었다

들국화

찬바람이 불어온다
모든 꽃은 다 지고
풀벌레 소리도 들을 수 없는데
들판에 국화는 피어
손에 손을 잡고 자기의 노란 향기와
몸매를 뽐낸다

겉으로 연약한 듯해도
들길이 있는 곳 산언덕에 피어
우리와 벗 하고 있다

그 청초한 절개와 힘
그리고 무리 짓는 네 모습
우리 모두의 벗이 되어 길이 빛나고
모두의 희망과 꿈 되소서

향토(鄕土)

천 년을 지켜 온
조상들의 얼 잠든 이 땅

저 산의 석류나무는 백 년
저 들의 회화나무는 오백 년
저 길의 은행나무는 천 년

이 땅에 깊게 내린 뿌리 곁

그러던 어느 날 누군가
이 땅에 불현듯 찾아와
거짓을 말하며 차지해 버렸네

듣기 좋은 말 몇 마디
허울 좋은 돈 몇 푼

그렇게 땅을 잃어버린 사람들

이제 이토록 추운 겨울,

땅을 잃은 이들은
어디로 향해야 하는가

흐르는 강은 물길이 막혀
푸른빛이 바래어 검게 변하고

달리던 들판 허리를 잘려
자라던 곡식들이 검게 말랐네

역사는 하루아침에 뒤바꿀 수 없는 것
우리네 땅의 이름 또한 그러하리니

물이 흐르는 그대로
들이 달리는 그대로
사람의 마음 또한 그대로

잃어버린 땅의 잊힌 주인들
지금, 그들은 어디로 갔나

병아리

저 허허로운 들판에
병아리 한 마리가
아장아장 걸어간다

그 황폐한 땅
갈아 부친 땅에
눈이 펄펄 내린다

어데로 가서
그 봄 따뜻한 보금자리
찾을 수 있을까

펼쳐진 들판에
바람은 불고
눈은 내리고 있다

김수경

1937년 충남 서산 출생. 1963년 서울대학교 치과대학을 졸업하고 동 대학원에서 박사학위를 받았다. 이후 서울대학교 치과대학 교수를 역임했으며 1989년《문학정신(文學精神)》으로 등단했다. 『사랑』, 『산국화』, 『서울』 등 25권의 시집과, 『자연 그리고 삶』, 『세계박물관산책』 등 6권의 수필집, 『구강외과학』, 『구강외과학 도해』 등 6권의 저서가 있으며 「미당·김수경 도자시화전」 등 4회에 걸친 전시회를 열었다. 현재 도서출판 문학정신사 대표로 재직 중이다.

나이테

1판 1쇄 찍음 2010년 6월 21일
1판 1쇄 펴냄 2010년 6월 25일

지은이 · 김수경
발행인 · 박근섭, 박상준
편집인 · 장은수
펴낸곳 · (주)민음사

출판등록 1966. 5. 19 (제16-490호)
135-887 서울 강남구 신사동 506 강남출판문화센터 5층
대표전화 515-2000 · 팩시밀리 515-2007
www.minumsa.com